바람

- 흘러가는 바람 속에서 -

서동우 시집

문학여행

차례

들어가며   5

들어가며

  산다는 것은 자신의 '바람(바라는 것)'을 이루기 위해 아등바등 무언가에 집착하는 것이다. 정신없이 시간을 보내다 어느 날 문득 자신을 돌아보았을 때, 그토록 이루고자 했던 것들이 다시 생각해보면 한낱 '바람(흩날리는 것)'에 불과했다는 느낌이 들 때가 있다. 우리가 느끼는 허망함, 후회, 지나간 것에 대한 기억, 깨달음, 그리고 새로운 '바람(다짐)'에 대하여 노래하는 시집, 〈바람 - 흘러가는 바람 속에서〉이다. 시인 서동우 시집 시리즈 중 두 번째 작품이다.

  가장 처절한 것은, 때론 가장 아름답다.

2016년 6월 19일
바람, 시간, 기억, 후회, 그리고 깨달음
서 동 우

거느림

나는 열 부하를 거느린다
난 왕인 것 마냥 흥이 난다
나는 또 다시 열을 더하였다
마치 신이 된 듯 신명 난다
그럴수록 또 다시 열을 더했고
스물이 되고
마흔이 되고
만백이 되었다

느는 것과는 별개로 허망해졌다
느즈막이 오는 걱정에 볼을 꼬집었다
열을 얻고 모두를 잃었다
왕이 되고 세상을 잊었다

이마에 깊게 패인 주름이 일고
둘을 잃고 하나를 버렸다
또 하나를 버리고
모두 버릴 때 즈음
나는 비로소 주인이 되었다

굴레

손톱은 잘라도 잘라도
또 자라난다

발톱은 잘라도 잘라내도
또 자라난다

머리는 잘라도 잘라내어도
또 자라난다

마치 암세포마냥
그리 질리지도 않나보다

언제쯤 이 지긋지긋한 굴레에서 벗어날까

꿈

달이 세월에 눕고
인간세상 따스한 봄햇살에 나부끼다.

아이들 꺄르르 소리에
덧없는 한은 눈물이 되어 흐르다.

구름 한 점에 스쳐간
우리네 인생도
지고피는 꽃잎 중 하나되어
작은벌 한 마리 꿈이 된다.

끈

시장에서 파는 긴 끈 하나
어여쁜 딸아이 머리끈도 하고-
허리춤 동여맬 허리끈도 하고-
반듯한 때구두 신발끈도 하고-
나하나 마지막 목맬끈도 하다-.

끝

어차피 끝인데
뭐하러 그리뛰나
걷든뛰든 다다를텐데

나 가는 것

사는 것은
하루하루 외로움을 견디는 일이다.
누가 그랬더냐
나는 것은 우연이고
가는 것은 필연이라

살다보니 달콤한 것은
느끼는 것
나는 것 가는 것 모두
우연의 연속

지루한 연속의 둥근꿈 안에서
우연이란 일탈을 꿈꾸는 나는
지금도 잘못된 것인가?

나는 나다

시간이 지났어도
나는 나다

옛 노래의 들뜸과
옛 오락의 쇠맛과
옛 사랑의 얼굴은
아직도 나의 가슴과 정소를 울렁인다

나는 살아있다
나는 그대로다
나는 나다

사람의 세포는 끊임없이 새로 만들어지어
3년이 지나면 완전히 새로 만들어진다고 한다.
인간은 기억이란 것에 의지하여
끊임없이 자기 자신의 존재를 확인하려 한다.

나는 새

나는 전생에 새였나보다
인간인채로 하늘을 슝-하고 날아다니는 법을
알고있다.

그 떨어지고 다시 박차오를 때의 쬐오는 감각
날아본 적 없는 나는
어찌 그것을 알고 있는 것일까.

쨍쨍한 여름날,
저 푸른 하늘을 보고 나는
날고싶었다.

날개

나,
길 잃은 아기새였네.

먹이씹는 법을 알기 전
삼키기를 먼저했네.

날개가 듬성해진 지금에서야
체한 기분이 드는 건 왜일까.

낮 오후, 그리고 햇살

햇살은 따스해서 기분이 참 좋다
벤치에 앉아 햇살을 맞고 있으면
내 마음속 웅덩이가
다 말라버리거든

햇살은 따가워서 기분이 참 좋다
잔디에 앉아 햇살을 담고 있으면
내 머릿속 덩어리가
다 녹아버리거든

햇살은 따뜻한데 바람은 참 차가워.

내 마음

내가 그린 수채화는
언제나 탁했다.

물을 깨끗이 갈아도
붓을 빨아봐도
노란색과 파란색만 써도
매번 희뿌옇게 탁해졌다.

내 붓이 안 좋은 것
내 눈이 잘못된 것
내 팔이 잘못된 것
내 누군가가 그런 것

핑계대었지만
오직 나만 몰랐던 것
아주 오래전부터 알고지냈던 것

내 마음

네게로 간다

누구나 고민을 안고 산다,
누구는 하나
누구는 두울
어느 누구는 세엣

고민이 없을 때가 있다.
그것은 곧
이승못에 발 담지 못할 때

너의 고민 둘과
나의 고민 하나를 바꾸려
네게로 간다
더 담지 못할만큼 어둔 밤구석
향해 달리는 밤열차타고

마지막 하나 남은 생

사람은 다섯 가지 인생 알고 나면 죽는다고
누가 그랬다.
누군가 그랬다.

그래,
마지막
하나 남았다.

나의 다짐
- 한 해 새

2015년 4월 19일,
24세 한 인간은 이런 다짐을 하였다.

삶에는 그냥저냥사는삶, 이리저리사는삶, 흥청망청사는삶, 베고깨며사는 삶이 있으니
나는 그 중 이리저리 뛰다가 내 몸을 불살라 다른 이들의 길을 비춰주는 삶을 택하겠다고.

본디 인생이란
나만의 존재이유를 찾아 어떤 방식으로 실행해 세상문을 닫고나가는 가 라고 생각하니
조금 불편한 삶과 고된 삶과 부딪히는 삶이 모두 이해가 가더라.

나의 존재이유는
남을 변화시키는 것이나
되도록 좋은 길을 선택하게끔 해야 할 것이다.

인간은 실수를 하지 않고
우리가 정의하는 것이 무엇인지 깨닫는데 20년이 걸렸고
다만 무엇이 옳고그른지 헤맬 뿐이며
나는 나의 길을 찾는데 또 4년이 걸렸다.

불안과 역경과 생각에 휩싸여 걸음마를 떼지못하는 한 존재는
오늘 다른 존재로 바뀌었다.

2016년 4월 17일,
25세 한 인간은 이런 다짐을 하였다.

재미있게 살자.
보람있게 살자.
의미있게 의미없는 일을 하자.
사람을 사랑하자.
세상을 사랑하자.

담배

불붙는 담뱃잎 속
내 모든 후회들은
한 줌 연기가 되어
밤공기 사이로 스며든다.

"시는 참으로 불친절한 녀석이다!"

마치 우리가 남의 일기장을 몰래 사서보는 것
마치 우리가 남이 버린 필기노트 훔쳐보는 것
이해가 되지 않지만 시는
이해를 바라지 않는 녀석

시, 술, 담배
그리고 남은 건 인생.

마침표가 없어 슬픈건
우리네 인생도 술처럼 흘러내려가 없어지기 때문
마침표가 있어 슬픈건
우리네 인생도 그저 연기처럼 피어나 다 꺼지기 때문

만남

우리는 모두
만남이 허황된 것임을 잘 알고 있다
그런데도 끊임없이
이 무의미한 짓을 반복하는 것이다
끝을 알고 있음에도
우리를 부던히 움직이게 하는 것이다
우리는 모두
그것을 잘 알고있음에노

말린꽃내음

형언할 수 없는 고요의 밤
빛으로 얼룩진 아침바람
정적만이 숨쉬는 낮의 오후
죽음으로 수놓은 탄생의 빛
끝없이 반복되는 붉은 고동
서쪽으로 피어오르는 그리움

바람

처음 보았을 때,
그것은 그저 한 줌의 바람.
다시 보았을 때,
그것은 나만의 바람이었을 뿐.

방안에서

곁에 서서 가만히 숨을 참으면
심장 소리에 내내 귀가 가렵다.

밖에 돌아다니는 사람들은
각자 할 일이 있고

방안 하루내 누운 나는
시간이란 고통에 열을 냈다.

별을 세다

무수한 풀 중에서
별을 너무나도 갖고픈 여린 풀 하나가 있었다.

이슬 손바닥 모아
햇살 마를까 조마조마하며 아침을 꼴딱 새고
쏟아지는 졸음 참아
어떡하면 한 번 더 별님볼까 고민하다 잠들고
그런데 별님은 갖는게 아니야

너무 멀리 있고
너무 뜨겁고
너무 크고
너는 보잘 것 없어서, 귀찮아서, 의미없는 존재라서

무수한 풀 중에서
별을 생각한 너무나도 여린 풀 하나 있었고
따스한 눈물 손모아
희뿌연 구름을 지우며
오늘도 별을 세고 있다.

살아간다

살다보면
울 때도 있고
웃을 때도 있고
또 그렇다.

살다보면
넘어질 때도 있고
펄쩍 뛸 때도 있고
또 그렇다.

셀수없이 반복되는
이것들은
질리지도 않는가.

우리는 또 잊어버림을 안고
그리 시간을 바스락댄다.

성숙

세상의 모든게 익숙해 져가고
모든이 세상이 덧없어 지는건

세상 속에 삶을 펼칠 것인지
삶 속에 세상을 짊어질 것인지

세상 / 삶

세상은 잔인한 곳이다
고통과 쾌락과 슬픔과 공포가 휘몰아친다

흐린 날도 끼인 날도
밝은 날도 개인 날도
그 어느 날에도 바람은 불어온다

구걸하는 자의 피와
복종하는 자의 눈과
웃는 자가 마시는 물은 모두 같다

무수한 삶들이 세상을 힘겹게 짊어져 그리도 즐겁게 지낸다

성탄제가 찾아오고
구원의 나팔소리가 울려퍼져도
세상 한 켠에선 신음소리 울려퍼진다

헛된 것이라 수근대는 자와
권세를 누리려 고통받는 일과
웃는 자가 마시는 술은 모두 같다

마침표를 찍는 순간, 비로소 진정한 끝이 보인다.

세월의 변화

천 원 지폐 하나 받아
기분좋게 구멍가게 갔다.

기분좋게 빵 하나 집어
기분좋게 소리없이 집에 갔었다.

천 원 지폐 하나 받아
기분좋게 구멍가게 갔다.

기분좋게 빵 하나 집어
짤랑짤랑 소리내며 집에 갔다.

학창시절, 매점에서 '케로로빵'이란 포장된 빵을 자주 사먹었다. 더 어렸을 때는 '포켓몬빵'.

그때 '띠부띠부씰'이란 귀여운 캐릭터 스티커가 들어있어서 친구들과 경쟁하듯 모았고, 빵맛도 좋아 가난한 학생들의 배를 채워주었다.

점심시간 그리고 쉬는 시간이면 천 원짜리 한 장 손에 쥐고 매점으로 달려가 500원을 거스름돈으로 받아 참 기분 좋게 입에 빵을 물고왔는데, 어느 순간부터인지 빵 값이 올라 100원짜리 4개를 받아오기 시작했다.

단 100원이 오른 것이었지만, 귀찮음과 실망감은 백배가 되었고, 그 후로 빵을 사 먹는 것도, 무언가를 모으는 것도 그만두기 시작했다.

수학(壽學)

인간이 80밖에 살지 못한다는 것
80년 인생 길게 느끼라는 것
인간이 60밖에 뛰지 못한다는 것
60년 인생 끝에 닿을거란 것
인간이 40밖에 낳지 못한다는 것
40년 인생 둘로 나누라는 것
인간이 20밖에 울지 못한다는 것
20년 인생 끝엔 웃고살란 것

인간은 100을 살지 50을 살지 10을 살지 아무도 모르고
10을 살지 50을 살지 100을 살지 모두 스스로가 정하고
사람이기에 똑같이 살긴 산다.
다만, 끝 남기는 것이 다를 뿐.

스물세살

철부지 신입생도 순간,
어느 고학번이 되어있었다.
내가 원한 것이든
그렇지 아니하든

시간은 정확히 흘러가고
매일 오르내리기를 반복하다가
미처 확인하지 못했다싶으면,
야속하게 끝자락에 걸쳐있구나.

내 나이 스물세살,
영원같던 십대는 잊혀지고
혼자였던 과거는 사라지고
아름다운 추억은 쌓여간다.

해가 지나갈수록
해가 떨어질수록
하릴없이 스물세상
하염없이 다른새삶

아무도 없었다

정신없이 달리다, 문득
뒤를 보았다
그 곳엔 아무도 없었고

옆사람 앞질러 달리다, 문득
주위를 보았다
그 역시 아무도 없었다

'......'

나는 가슴이 멍해졌고
멍해져
멍하니 부둥켜 울었다

울고
앉아서 울고
일어서 또 달렸다
울면서
흐느끼면서

그리고 아파하면서

약

아파서 약을 받았다
허연 거 두 개 불그스름한 거 한 개
에다가
샛노란거 두 개 아리까리한 거 하나

다 아파서 약을 받는다
허연 거 두 개 불그스름한 거 한 개
에다가
샛노란거 두 개 아리까리한 거 하나

목에 캥긴다
콜럭콜럭 기침을 했다
약땜에 아픈지 원체 아픈건지 헷갈린다
더럽게 많다 쓰읍- 퉤!

이거 원,
맘대로 아프지도 못하것다.

연(恋)

질투에 눈이 멀었다.
외롬에 목이 막혔다.
콧물을 먹으며 짠내를 참았다.

두어 사람 가고 오는 것에 기대치 마라.
모두 들렀다 가는
객(客)일 뿐이니.

이 시간 지나면
모두 사라질 한 줌의 흙.

오는 사람 막지 말고
가는 사람 막지 말아라.
오고가는 것은
네가 결정하는 것이 아니다.

웃어보았다

별것 아닌 것에 꺄르르 웃어대는 소녀들 같이
별것 아닌 것에 의미를 두어 홀로 울었다.

어느 날엔 소녀들처럼 억지로 웃어보았다.
아, 그래서 웃는 것이였구나.

원래의 나

행복하면 살이 찐다.
일주일이 채 안 되어
어림잡아 오 킬로가 쪘다.

여기 밥이 너무 맛난 것과
편안한 곳이라 풀려진 긴장
그것 때문은 아녔다.

원래의 나는 좀 더
살가웠을거라 순박했을거라
그렇게 생각하니 좀 나아졌다.

그렇담 나는 이전
좀더 날카로웠고 약삭빠른 것이라
그리 생각되니 조금 슬퍼졌다.

유일하게 아는 하나

나는 바보요.
아무것도 모르오.

다만, 이것 하나 아오.
언젠가 모두 사라져 버린다는 것.

일어나기

이 잔잔한 세월강에서
하늘같은 하늘을 보고 있으면
등 누운 푸석한 잎이
어여 다시 일어서라 재촉한다.

알겠느냐 알겠느냐마는
모르고마는 것보다 낫다하며
땀에 눅눅해진 모자를 벗어
축축해진 머리를 쓸어넘긴다.

이 맑은 하늘아래
따스함만 주는 태양 아닌
따가움을 주는 태양 있어
손톱아리게 한 손에 흙을 쥔다.

인생

봄 바람의 따스함을 만지기 직전에
흩날리는 풀풀한 민들레 씨를 보았다,

개똥이가 눈 똬리똥이 채 마르기도 전
여름 장맛비로 마당은 엉망이 되었고,

얇은 옷 따스한 살결을 갈구하던 때에
갑작스레 찾아온 푸른 구름하늘과 소주하며,

남은 건빵조각을 껍껍우적 쑤셔넣고
알딸딸한 술기운에 취해 또다시 기다렸다.

봄엔 봄비 오고 하늘 개고 벚꽃잎 나리고
여름엔 추적추적 장마와 동산의 민들레씨
가을엔 찬바람과 따스한 햇볕이 어루지고
겨울엔 아이들의 웃음과 눈사람이 반기는

인연을 믿는 사람

인연을 믿지 않은 사람 하나 있습니다.
세상은 혼자 살아가는 것이며
아픔은 혼자 짊어지는 법이고
슬픔은 혼자 쌓아가는 것만이 유일한 방법임을 알던 사람
하나 있었습니다.

그러한 사람이 어느 날 바뀌었습니다.
사랑을 만나서 사람 마주하는 것을 알았고
사람을 만나서 서로 사랑하는 법을 깨닫고
사람을 위하며 무게 나눠지는 것의 중요성을 이제서야
겨우 깨닫게 되었습니다.

누가 그러더군요,
바라고자 하는 것은 바랄수록 쉽게 오지 않는 법이라고.
그 사람은 원망했을 겁니다.
바라고자 하는 것이 그저 늦게만 오는 것이면 괜찮았을 것이라고.

인연의 소중함을 다들 얘기하는 와중에
그 사람은 인연이 무언지
생각할 겨를조차 없었을 겁니다.

살아가는 동안에 느끼는 고통, 슬픔, 아픔, 좌절, 무게
이 모든 것을 털어버리기에는
한 인간의 삶은 너무나도 짧은 것이기 때문입니다.

그래서 우리는 사랑을 합니다.
그래서 우리는 사람을 봅니다.
사람을 보면 사랑을 하고
아이러니하게도 사랑을 하면 사람을 보게 됩니다.

두 사람은 두 명분의 무게를 나누어 갖게 됩니다.
두 사람의 두 무게의 총합은 오히려 줄어듭니다.
사람이 늘면 무게가 줄어드는
아이러니하게도 아이러니한 세상에 살고 있습니다.

인연을 믿지 않았다가
믿게 된 사람,
여기 하나 있습니다.
인연을 믿었다가
저버려도 다시 믿게 될 사람,
여기 또 하나 있습니다.

정(情)

인간이란 본디
약하디 약한 것이여서
서로가 서로를 안지 않으면 안된다

피흘리는 사자
눈물을 비가 감춰주듯
헐떡거리며 품 속을 파고드는 새끼

불안함을 세며
눅눅한 책에 자망하며
베갯맡에 흘린 침에 놀라 잠에깬다

하루일기

온 세상에는 무지개가 깔리고
어느 누구는 어떤 이의 길과 함께한다
어두운 물감이 빛을 뒤덮고
세상은 밤이 되려는 아픔을 겪는다

침묵의 노래를 들으며
마저 길을 거닐고
차가운 달빛이 노래를 부른다

빛이 사라지면
또다른 빛이 찾아와 깔리고
어떤 이 달리는 길은
오늘도 어제도 같다

한 귀로 사는 삶

아주 오래전,
나는 귀 두 개로 태어났고
그 중 하나만 활용했다.

세월이 흘러
조금 클 무렵,
나는 귀 두 개를 모두 활용했고
조금 더 지나
귀를 마구 늘렸다.

지금 나는,
귀 하나로 살지만
더 많은 것을 듣고
더 많은 것을 이뤘다.

내가 귀머거리가 된 후로
가장 불편했던 것은

내 새끼들의 울음소리와
오후 내내 도는 빗방울소리
듣지 못한 것

한 마리의 새

나는 한 마리 새다.
꿈을 좇아 떠도는 새

나는 한 마리 새다.
갈 곳 없어 방황하는 새

나는 한 마리 새다.
날개 없어 못 나는 새

나는 한 마리 새다.
바람에 이끌려 부유하는

가련한 날갯짓만 남은 한 마리의 새

행복을 모르는 자에게, 행복을 바라지 마라.

행복을 모르는 자에게
행복을 바라는 것은 참 못된 짓이다.

무의미한 빛을 찾아
출구를 더듬거리는 날짐승처럼
닿지 않는 허상은
더욱 손끝너머로 가버린다.

세상의 무딘 벽과
날카로운 고지서에 기댄 삶속
짧은 유희와 행복에 취해
더욱 쓰린 상처를 짚는다.

행복을 모르는 자에게,
행복을 바라지 마라.

너는 그저 너의 길을 걸고 저들의 눈동자 속 망울만 기억해야 하므로

바람이 나리고
또 하나의 바람이 진다

바람 – 흘러가는 바람 속에서

1판 1쇄   2016년 6월 30일

시 | 서동우

발행인 | 서동우
디자인 | 고민정
펴낸곳 | 문학여행
주 소 | 경기도 구리시 건원대로 92,
              114동 303호 한국전자도서출판(주)
홈페이지 | www.koreaebooks.com
이메일 | contact@koreaebooks.com
팩 스 | 0507-517-0001
원고투고 | edit@koreaebooks.com
출판등록 | 제2016-000001호

ISBN   979-11-957549-4-6 (04810)
         979-11-957549-2-2 (04810) 세트 (전 3권)